Texte : Lili Chartrand
Illustrations : Paule Bellav

Les maléfices
de Mimi Réglisse

À PAS DE LOUP

Niveau
3

Je dévore les livres

Dominique et compagnie

À pas de loup avec liens Internet

www.dominiqueetcompagnie.com/pedagogie

ouvre la porte à une foule d'activités pour les enfants, les parents et les enseignants. Un véritable complément à l'apprentissage de la lecture !

**Catalogage avant publication
de Bibliothèque et Archives Canada**

Chartrand, Lili
Les maléfices de Mimi Réglisse
(À pas de loup. Niveau 3, Je dévore les livres)
Pour enfants.

ISBN 978-2-89512-569-3

I. Bellavance, Paule. II. Titre. III. Collection.

PS8555.H43M36 2007 jC843'.6 C2007-940291-7
PS9555.H43M36 2007

Directrice de collection : Lucie Papineau
Direction littéraire : Carole Tremblay
Direction artistique et graphisme :
Primeau & Barey
Dépôt légal : 3e trimestre 2007
Bibliothèque et Archives nationales
du Québec
Bibliothèque nationale du Canada

Dominique et compagnie
300, rue Arran, Saint-Lambert
(Québec) Canada J4R 1K5
Téléphone : 514 875-0327
Télécopieur : 450 672-5448
Courriel : dominiqueetcie@editionsheritage.com
www.dominiqueetcompagnie.com

Imprimé au Canada

Nous remercions le Conseil des Arts du Canada de l'aide accordée à notre programme de publication.

Nous reconnaissons l'aide financière du gouvernement du Canada par l'entremise du Programme d'aide au développement de l'industrie de l'édition (PADIÉ) pour nos activités d'édition.

Nous reconnaissons l'aide financière du gouvernement du Québec par l'entremise du Programme de crédit d'impôt pour l'édition de livres – SODEC – et du Programme d'aide aux entreprises du livre et de l'édition spécialisée.

À Béatrice, Camille,
Charlotte, Elina et Florence,
adorables petites sorcières.

Lili Chartrand

Depuis qu'elle est toute petite, Mimi Réglisse
vit avec sa tante Licorice, une horrible sorcière.
Elles habitent au cœur de la forêt Fourchue,
dans une maison biscornue.

Mimi Réglisse déteste l'endroit. La forêt grouille
de rats affamés et la maison est couverte
de champignons !

Aujourd'hui, c'est l'anniversaire de Mimi Réglisse.
Licorice a invité ses affreuses sorcières complices.
Les enfants? Ils sont absents! Ces sorcières
détestent leurs cris qui donnent le tournis et
leur odeur qui donne mal au cœur.
—Tu as sept ans, l'âge magique pour devenir
une sorcière, annonce alors Licorice.

«Je vais enfin pouvoir jeter des sorts à ma manière, songe Mimi Réglisse. Mes maléfices, ils rendront service!»

—Si j'apprends que tu jettes de gentils sorts ou que tu annules un de mes maléfices, continue sa tante, ta punition sera terrible!

Tremblante de peur, Mimi Réglisse change de couleur.

D'un claquement de doigts, Licorice fait apparaître une baguette de bois. Elle pointe d'abord le front de sa nièce, puis chacune de ses tresses. Trois éclairs violets éclairent la pièce.

—Par le grand Tournevis, tu peux maintenant jeter des maléfices ! déclare-t-elle. Mille formules trottent à présent dans ta tête.

Licorice poursuit :
—Tes tresses te serviront de baguette magique, tant que tu seras une apprentie sorcière. Avec la tresse gauche, tu peux jeter des sorts. Avec la droite, tu les annules. Montre-moi que tu es digne de faire partie des sorcières de la forêt Fourchue !

Abrakada
Malodan
pikpikett
Bonbon
Sacado
Barbo popa
Chipo
Radopera

Mimi Réglisse pense à un horrible maléfice pour plaire à sa tante. La fillette fixe alors l'énorme sorcière Morvana.

– Toumou Pikpikett! articule-t-elle en tirant sa tresse gauche.

Pouf! Morvana se transforme en ver de terre garni de piquants, que les sorcières se lancent en riant.

Licorice félicite Mimi Réglisse. Elle dépose sur sa tête un chapeau à pointe fourchue, le symbole du groupe. Puis elle ordonne à sa nièce d'aller jeter des maléfices aux habitants du village.

– Et Morvana ? s'inquiète la fillette.

– Il n'y a pas d'urgence. Un peu d'exercice fera du bien à cet hippopotame !

À cette heure matinale, le village est encore endormi. Mimi Réglisse parcourt la rue principale sans croiser personne. En revenant sur ses pas, elle aperçoit une vieille dame courbée en deux. La pauvre femme a un bras en écharpe. De l'autre, elle porte un sac rempli de pommes. Elle est accompagnée d'un chien et d'un garçon, qui tient à grand-peine deux sacs de pommes.

14

« Si je transformais ces fruits en pois, ce serait plus léger à porter ! se dit la petite sorcière. Tant pis pour les menaces de Licorice ! Moi, je veux que mes maléfices rendent service ! De toute façon, comment saura-t-elle que je ne respecte pas ses règles ? »

15

–Pwagro Pwaplum ! prononce Mimi Réglisse
en tirant sa tresse gauche.
Pouf ! Les pommes se transforment en énormes...
petits pois qui filent vers les nuages !
–Oh non ! Je me suis trompée de formule !

La fillette regarde la vieille dame qui est figée
par la surprise. Le garçon, lui, court vers la
petite sorcière.

Le garçon s'arrête devant Mimi Réglisse.
—Sale petite sorcière ! Pourquoi nous as-tu jeté un
mauvais sort ?
—Jérémie ! Laisse-la tranquille ! crie la vieille dame.

—Mais... nos pommes, mamie Flavie, proteste
le garçon.

Mimi Réglisse lève les yeux. À la queue leu leu,
les pois géants flottent dans le ciel bleu.
—Je voulais vous rendre service, je vous le jure !
déclare-t-elle. Je les fais redescendre tout de suite !

—Pwachut Coin Coin ! lance Mimi Réglisse en tirant sa tresse gauche.

Pouf ! Les immenses pois se transforment en canetons. Ils tombent dans un parc et filent dans toutes les directions !

—Oh non ! Avec toutes ces formules qui dansent dans ma tête, je me suis encore trompée ! gémit la petite sorcière, les yeux pleins de larmes.

—Les méchantes sorcières sont incapables de pleurer parce qu'elles n'ont pas de cœur, murmure mamie Flavie à l'oreille de Jérémie. Cette enfant est une gentille sorcière.

En essuyant ses larmes, Mimi Réglisse avoue qu'elle ne sait pas comment regrouper les canetons.

—Si tu veux, propose Jérémie qui a pitié de la fillette, mon chien Tobie peut les diriger vers la pataugeoire.

Avec un sourire, la petite sorcière accepte. En deux temps trois jappements, Tobie rassemble les canetons bruyants. Puis Mimi Réglisse tire sa tresse droite pour annuler le maléfice. Pouf !
Les pommes retournent dans leurs sacs. La fillette offre aussitôt son aide pour les transporter.

Mimi Réglisse bavarde avec Jérémie et mamie Flavie, jusqu'à ce qu'ils atteignent une jolie maison au parterre fleuri. Avant de les quitter, la fillette demande à mamie Flavie ce qui est arrivé à son bras.

—C'est Licorice qui m'a jeté ce maléfice. Je ne peux plus travailler. Elle a transformé mon bras en tube de carton recyclé !

Mimi Réglisse a le cœur chamboulé. Sa bonté l'emporte sur la peur de sa tante. Elle tire sa tresse droite, sans hésiter. Pouf ! Mamie Flavie retrouve son bras en bon état !

Tout à coup, Jérémie remarque d'un ton inquiet :
–Mimi Réglisse, la pointe de ton chapeau est
devenue toute rouge !

–Oh non ! Licorice a ensorcelé mon chapeau.
Elle saura que je n'ai pas été méchante !
s'alarme la fillette.
Ma tante me transformera
en grenouille moustachue ou
en patate velue…

– J'ai une idée ! s'exclame Jérémie en filant dans la maison.

Le garçon revient au galop avec de la peinture noire et un pinceau. Mamie Flavie en applique plusieurs couches sur le bout fourchu. Ni vu ni connu !

—Ce sera notre secret ! dit Jérémie avec un sourire complice. N'est-ce pas, mamie ?

—Bien sûr ! Tu reviendras nous voir, Mimi Réglisse ?

—Promis ! s'écrie la fillette avec un grand sourire.

Tralalala...

Toute contente, Mimi Réglisse retourne
en chantant vers la maison de Licorice.
Elle peut sans crainte jeter des maléfices
qui rendent service ! Mais ce qui est
vraiment magique…

... c'est que Mimi Réglisse a maintenant des amis !